Detlev Frhr. von Biedermann

# Der Roman als Kunstwerk: Eine Skizze als Beitrag zur Aesthetik

Antigonos

**Detlev Frhr. von Biedermann**

# Der Roman als Kunstwerk: Eine Skizze als Beitrag zur Aesthetik

Unveränderter Nachdruck der Originalausgabe von 1870.

1. Auflage 2024   |   ISBN: 978-3-38614-440-7

Antigonos Verlag ist ein Imprint der Outlook Verlagsgesellschaft mbH.

Verlag: Outlook Verlag GmbH, Zeilweg 44, 60439 Frankfurt, Deutschland, info@outlook-verlag.de
Vertretungsberechtigt: E. Roepke, Zeilweg 44, 60439 Frankfurt, Deutschland
Druck: Libri Plureos GmbH, Friedensallee 273, 22763 Hamburg, Deutschland

# Der Roman als Kunstwerk.

Eine Skizze als Beitrag zur Aesthetik

von

## Detlev Frhr. v. Biedermann.

Das Recht der Uebersetzung vorbehalten.

Dresden,
Schulbuchhandlung.
1870.

Tagtäglich und stetig schreiten wir Deutschen dem Materialismus entgegen; der amercianische Wahlspruch: time is money gelangt mehr und mehr zur Geltung. Courszeddel und Börsenzeitung wird zur beliebtesten Lectüre, deren Unkenntniß man nur mit tiefem Erröthen zugesteht. Aber trotz der Procentenjagd wächst auf der anderen Seite doch auch die belletristische Literatur riesengroß an, so daß deren Bewältigung die Kräfte des Einzelnen fast übersteigt.

Während einerseits fort und fort neue Erscheinungen in der Literatur auftauchen und bezeugen, daß das Bedürfniß nach — wir wollen einmal den Ausdruck gebrauchen — nach Unterhaltungslectüre immer im Steigen ist, hört man trotzdem nicht selten mit hautainer Verachtung von diesen Producten des Geistes sprechen, und haüfig genug kommt es vor, daß man Entschuldigungen entgegen nehmen muß, wenn diese Serie von Staatsangehörigen, die Kenntniß von irgend einem Romane eingesteht, anderseits betrachtet ebenderselbe die Nichtkenntniß eines Drama's oder der neuesten Oper für eine unverzeihliche Nachlässigkeit, oder für Mangel an aller künstlerischen Bildung. Wer nebenbei noch einige Gemälde zu beurtheilen versteht, oder gar über diese oder jene Symphonie sich auszulassen im Stande ist, der fühlt sich so hoch und sicher in der Kunstkritik dastehend, daß er sich vollkommen berechtigt glaubt, ein romanlesendes Individuum als weit unter sich zu betrachten. Nur den Damen wird dieser Genuß ungeschmälert gestattet, ja man verzeiht ihnen sogar selbst etwas Schwärmerei dabei. — Leider ist es so! Leider steht der Roman bis jetzt noch in einen gewissen

Mißcredit, der ihn nicht zu der ihm gebührenden Geltung kommen läßt.

Ich gebe zu, daß eben die große Maſſe der Er=ſcheinungen, unter welchen ſelbſtverſtänblich ſehr viel Schlechtes, oder doch wenigſtens Mittelmäßiges mit unterlaüft, einen großen Theil der Schuld trägt, daß der deutſche Roman weniger geleſen wird, aber ein tieferer Grund liegt wohl auch darin, daß ſich unſere Kritik nicht mit dem Ernſt, den er doch verdient, mit dem Romane beſchäf=tigt, ihn überhaupt eines tieferen Eingehens nur in ſeltenen Fällen würdigt.

Es fehlt bis jetzt an einen anerkannten Leiter, der das Publikum in dem Labyrinth mit ſicherer und kundiger Hand führt. Es fehlt an gutem Willen der Kritik, den künſt=leriſchen Werth des Romans mehr herauszuheben und ſo das Verſtändniß dafür zu wecken und zu heben.

Man darf ſich kaum wundern, daß der, deſſen Zeit es nicht geſtattet, ſich auf dieſem Felde der Literatur überall=hin frei ſich zu bewegen, d. h. wer eben mit einer beſchränkten Auswahl ſich begnügen muß, daß dieſer auch nur das Beſſere oder Beſte herauszugreifen wünſcht; da ſteht er aber vor dem vollgehaüften Büchertiſche, die Wahl wird ihn bei der Maſſe ſo ſchwer, daß er lieber umwendet und zur gewohnten politiſchen Tagespreſſe greift.

Derſelbe Grund giebt wohl auch mit Veranlaſſung zu der oft ausgeſprochenen und ſehr berechtigten Klage, daß namentlich in Deutſchland von Privaten ſo wenig gekauft wird und man lieber die zerleſenen Exemplare der Leih=bibliotheken zur Hand nimmt, als im reinlichen, eigenen lieſt. Wenn ich auch die Romane nicht nach der Buchbinderarbeit beurtheilt wiſſen möchte, ſo kommt dabei doch der Ausſpruch Jean Paul's zur Geltung: „am ſchönen Einband iſt mir auch gelegen.“

Doch es iſt hier nicht der Ort, näher auf die Ver=hältniſſe, oder wohl gar auf eine Vergleichung mit den fran=zöſiſchen derſelben einzugehen.

Ein weiterer Grund der Misachtung, oder doch der geringeren Achtung, die man dem Romane zollt, ist in unserer heutigen Journalistik zu suchen. Die so große Anzahl belletristischer Zeitschriften bringen die verlangte und gesuchte Unterhaltung viel billiger und namentlich viel bequemer, denn sie wird uns in's Haus gebracht und erspart uns noch außerdem die Mühe des Aussuchens. Was thut aber der Mensch nicht für die Bequemlichkeit. — Jeden Sonntag hat man die vorgeschriebenen Roman-Portion, daneben noch kurze Novellen, historische Skizzen und wissenschaftlichen Abhub, der wie Medizin regelmäßig eingenommen wird und uns auf der Höhe literarischer Bildung schwimmend erhält. Diese zerrissene Lectüre hat den Geschmack an künstlerischer Beurtheilung bedeutend herabgestimmt. Die kurzen, abgebrochenen Stücke eines größeren Ganzen verringern nothwendig das Interesse und erschweren auch die Kritik, oder es wird durch die Unterbrechungen an besonders spannenden Momenten meistens ein Interesse hervorgerufen, das vielmehr sachlicher Natur ist und dadurch dem Ganzen einen scheinbaren, größeren Werth verleiht, als ihm sonst vielleicht zuerkannt werden würde.

Die durch alle diese Zeitschriften hervorgerufenen, so sehr überhand nehmenden kurzen Erzählungen und Novellen aber verderben durch ihre leichtere Kost den literarischen Magen, so daß er die schwerere Speise, wie der größere Roman ist, nicht mehr so gut verdauen kann. Man zieht diese kleinen Erzählungen der Journale eben vor, weil man nicht so lange auf die Entwickelung zu warten hat und ihre leichtere Behandlung den Halbschlummer, während welchen man die Zeitschriften zu lesen pflegt, nicht zu sehr aufregen.

Man könnte hier einwerfen, daß, wenn die Länge oder Kürze den Werth einer Arbeit bestimmte, dann das Drama auch keinen großen künstlerischen Werth beanspruchen könne, denn dieses hat ja auch nur einen mehr oder weniger bestimmten kürzeren Zeitraum zu seiner Verfügung, innerhalb welcher es abgewickelt sein muß. Ohne mich auf eine weiter eingehende Entgegnung einzulassen — denn dazu bedürfte es zunächst der Definition des Unterschiedes zwischen Drama und Roman, der jedoch als bekannt vorausgesetzt werden kann — so muß ich doch einen solchen möglichen Zweifel erwähnen, um mich vor dem Vorwurfe zu verwahren, als wolle ich die Kunstwerke nach Elle und Stundenglas taxiren. Ganz ignoriren läßt sich aber bei alledem der quantitative Unterschied nicht. Wir machen, und mit vollem Recht, in allen Künsten in diesen Beziehungen Unterschiede und werden dem größeren Werke, das größeres Studium, tieferes Eingehen und geübtere Ausführung verlangt, Vorzug vor dem kleineren einräumen müssen; wir werden die plastische Gruppe über die Büste, oder dem Relief stellen, eine Symphonie vor einem Capriccio den Vorzug geben, das große histo= rische Gemälde dem Landschaftsbild voranstellen, und folgerecht müssen wir auch den tiefer begründeten, durch= gearbeiteten Roman höher ansprechen als die Novelle.

So lange man sich nicht von der Ansicht losreißen kann, daß die Romanlectüre nur dazu da ist, uns einige müssige Stunden auf angenehme Weise zu vertreiben und vertreiben zu helfen, so lange dieser Irrthum nicht bekämpft worden ist, so lange wird auch der Roman nur Leihbibliotheken= futter, oder eine Zugabe zum Strickstrumpfe bleiben und der Romandichter, ohne die ihm gebührende allgemeine An= erkennung über seinen Kreis hinaus, nur für sein eigenes Bewußtsein schreiben.

Aber wie falsch ist diese Ansicht, wenn wir uns auf einen höheren Standpunkt stellen, d. h. wenn wir den — vollendeten Roman als das betrachten, was er in der That ist, als ein Kunstwerk der Dichtkunst, — (zur epischen Dichtung gehörig —) der, wenn er nach der all= gemeinen und speciellen Regel der Kunst gearbeitet ist, dann auch die Berechtigung hat, anderen Werken der Dichtkunst würdig an die Seite gestellt, oder mit anderen Worten, in die Reihe der Kunstgegenstände aufgenommen zu werden.

Die Kunst soll bilden, indem sie vom körperlich Schönen auf's ethisch Schöne wirkt. Auch vom Romane soll

man verlangen können, daß er bilde, so gut wie die dra=
matische Kunst. Will ich damit auch nicht gesagt haben, daß
man ihn als obligates, pädagogisches Bildungsmittel brauchen
könne, ja dürfte er bei allzu jungen und von der noch un=
gezügelten Phantasie eingenommenen und daher zu leicht ent=
zündbaren Gemüthern wohl eher schädlich wirken, — so kann
ihm dies seinen Werth als Kunstwerk nicht rauben. Es
liegt im Wesen des Roman's, der das wahre Leben zum
Vorwurf wählen soll, daß er zuweilen Sachen zur Sprache
bringen und verarbeiten muß, die der unreife Verstand mis=
brauchen, und die ihn zur geistigen Misbildung führen könne,
(oder auch zur Blutarmuth, wie die moderne Medizin be=
hauptet.) Dasselbe finden wir aber auch oft auf den Bühnen,
denselben Vorwurf können wir in den Gemäldegalerien aus=
sprechen. Hier, wie dort ist freilich der Eindruck weniger
tief, viel schneller vorübergehend, wie er auch zuweilen durch
Aeußerlichkeiten abgeschwächt wird; das gebe ich zu; aber,
wenn man diesen Vorwurf darum für den Roman allein auf=
recht erhalten will, so setze ich dem entgegen, daß man die
Kunst als Bildungsmittel, wenn man nicht Misgriffe begehen
will, überhaupt nur bei schon gereifterem Verstande an=
wenden darf. Die Gefährlichkeit des Roman's schwindet
dann auch.

Der Romandichter aber muß sich auch, wenn er nicht
blos für die „müßige Unterhaltung" schreiben will, bemühen,
den allgemeinen Anforderungen und Regeln der Kunst unter=
zuordnen und ihnen möglichst nachzukommen suchen. — Wo
man diese Bestrebung vernachläßigt sieht, wird man mit
seinem Urtheile bald fertig sein, und zwar bei unserem Object
um so eher, als man ohnehin den Werth und die Bedeutung
des Roman's noch gar nicht gehörig würdigt.

Erkennt man dem Romane den Werth eines Kunstwerks
zu, so verdient er auch sorgfältigere Beachtung, als ihm bis=
her zu Theil geworden ist, und es wäre an der Zeit, daß
er einmal kritisch beleuchtet und in seinem Wesen näher be=
stimmt würde.

Während das Drama in seiner kürzeren Darstellungs=
zeit auch nur eine kürzere, rascher zur Erfüllung kommende
Episode des menschlichen Lebens in drastischer Entwickelung
zur Darstellung bringen kann, hat der Roman fast unbe=
schränkten Zeitraum zur Disposition, und er kann selbst über
die Lebenszeit des Helden hinausgehen, wie vor dessen Geburt
beginnen. Dort ist Alles Handlung; Ursache und Wirkung
müssen durch diese zur Anschauung gebracht und begründet
werden; hier in der Schilderung eines ganzen Lebens, oder
doch eines längeren Lebensabschnittes, wo, um den Leser
lebendig in die Situation zu versetzen, auch das Körperliche
geschildert werden muß, (— was auf der Bühne durch die
Anschauung ·[Decoration] erzielt wird —) sind ganz andere
Dimensionen bei der Anlage anzunehmen, andere Prämissen
zu setzen. Die Entwickelung des geistigen Menschen und die
damit nothwendig im Zusammenhange stehenden Folgerungen,
müssen Schritt vor Schritt verfolgt werden und können —
mit Ausahme, wo die Handlung für sich allein schon spricht, —
nur durch die Erzählung, oder durch Reflexionen zur Kennt=
niß des Lesers gebracht werden. Auf der Bühne tritt hier
der nur sparsam zu verwendende Monolog ein.

Je richtiger der Dichter das wahre Leben erkannt und
erfaßt hat, und je treuer und überzeugender er die Ursachen
und Wirkungen der Handlungen und Begebenheiten wieder=
zugeben verstanden hat, desto anziehender wird die Dichtung
befunden werden; je mehr seine Begründungen auf psycho=
logischen und ethischen Grundsätzen beruhen, desto höheren
Werth wird man seinem Werke zuerkennen.

Man darf den Roman als Bildungsmittel durchaus nicht
unterschätzen. Ja, wie weit guter Geschmack und Schönheit
auf unsere Seele, und wenn auch allmälig, so doch sicher
und stetig einwirkt, darf als bekannt und feststehend ange=
nommen werden. Dies nun bewirkt der gute Roman durch
Form und Styl. Einen weiteren bildenden Einfluß übt er
aus, durch die psychologische Begründung und Durchführung
seiner Charaktere, durch wahrheitsgetreue Darstellungen von

Lebensbildern und endlich durch ethische Entwickelung mensch=
licher Thätigkeit.

Aber freilich, die Wenigsten wollen bei dieser Lectüre
auch lernen, die Wenigsten glauben an diese Möglichkeit, nur
Lesen, Lesen. —

Wie Alles im Leben der Mode unterworfen ist, so hat
auch die Kunst ihre Perioden durchmachen müssen, in welchen
verschiedene Ansichten zur Geltung kamen, oder wo, mit an=
dern Worten, der momentane Zeitgeist zum Ausdruck kam.
Man kann gewissermaßen solche Perioden auch als Moden
bezeichnen. Es steht dies im nothwendigen und innigen Zu=
sammenhang mit der fortschreitenden Bildung, oder mit ver=
änderter Lebensanschauung, bedingt durch politische und sociale
Umwandelungen. Namentlich sehen wir solche Schwankungen
im Kunstgeschmack bei denjenigen Zweigen der Kunst, welche
dem Verständnisse der größeren Menge zugänglicher und nicht
nur Eigenthum einer engeren Kaste sind, die tiefer in's Leben
eingreifen.

Es schließt dies selbstverständlich nicht aus, daß überall
die festen Normen und Grundprincipien der Kunstwissenschaft
ihre Herrschaft behaupten müssen und werden; aber sie werden
sich den Geschmacksrichtungen der herrschenden Zeit um so
mehr anzuschmiegen suchen, je beweglicherer Natur das Kunst=
object ist. Am Starrsten finden wir die Theorie und Aus=
führung in der Skulptur und Architektur, d. h. bei letzterer
nur in soweit sie wahre Kunstobjecte schafft; wo sie dem
„Hausgebrauche“ dient, muß die Kunst zurücktreten; —
am Freisten bewegt sie sich auf der Bühne und in der Poesie
und schließt sich endlich im Romane ganz dem herrschenden
Geschmacke an.

Der Roman muß mit den vorwaltenden Lebensansichten
Hand in Hand gehen, und wird, da er nicht zugleich auf
die äußeren Sinne wirkt, nur dann genießbar und verständ=
lich, wenn er sich jenen fügt. Zwar soll er diese auch be=
herrschen, läutern, bilden, namentlich vor Uebergriffen wahren,
und darf er sich vom blassirten oder ausschweifenden augen=

blicklichen Zeitgeist nicht in's Schlepptau nehmen lassen; aber
er muß, da er zu Geist und Gemüth zugleich spricht und
uns vermöge seiner Eigenthümlichkeit nicht in andere ganz
fremde Regionen, wie z. B. ein Werk der Skulptur zu ver=
setzen vermag, seine Objecte und den Ton seiner Darstellung
so wählen, daß sie den Gefühls= und Geschmacksfluctuationen
der Zeitrichtung angepaßt werden können, und ihnen nicht
geradezu diametral zuwiderläuft. Er würde nicht verstanden
werden. In unserer jetzigen Zeit voller Materialismus ist
z. B. der an Thaten reiche und die Männlichkeit verherr=
lichende Ritterroman fast ohne Ausnahme zur Unmöglichkeit
geworden und nur ganz vollendete dergleichen können auch
jetzt ihren Werth noch behaupten.

Die Praxis verlangt auch ihren Tribut. Nur ist das
große Publicum, welches sich mit Romanen abgiebt, ein an=
deres, als das kleine, welches sich mit den Künsten beschäftigt,
die eine specielle Vorkenntniß zu ihrem Verständnisse bedingen.
Letzteres ist exclusiver und bringt eine tiefere Anschauungs=
weise der Objecte mit. Romane hingegen, meint man, kann
Jeder lesen, jeder verstehen und beurtheilen; damit sie nun
viel, recht viel gelesen werden, muß sich leider nur zu oft
der Schriftsteller dem Wunsche und dem nicht immer klassischen
Geschmacke des Publikums fügen, selbst dem corruptesten.
Ich will hier beispielsweise nur an die Criminal=Geschichten
erinnern, durch die ein bis zur Ungebühr bekannt gewordener
Name die Leserwelt mit Producten seiner mageren Phantasie
überschwemmte, die ebenso schlecht erfunden, als schlecht ausge=
führt waren. Sie kitzelten aber im Anfange die Menge; man
nahm sie auf und las sie, ohne sie auf ihren wahren Werth
zurückzuführen. Es ist eben jetzt das Bedürfniß des Lesens
so groß, daß Alles durchgeht und die Kritik sich kaum mehr
die Mühe nimmt, kräftig gegen solche Auswüchse einzuschreiten,
namentlich nicht, wenn sie in Zeitschriften auftreten.

Auch der Name hat bei der blinden Menge, die sich
so gern am Gängelbande führen läßt, noch einen über=
gewaltigen Werth, und wer auch nur gegen Einzelnes bekannter

Schriftsteller auftritt, kann sich gefaßt machen, gesteinigt zu werden; und doch könnte man bekannte Romane anführen, die großes Aufsehen erregten, — ohne daß sie einer nach allen Seiten hin streng verfahrenden Kritik widerstehen konnten, — blos weil sie den momentanen, aber politischen Zeitrichtungen huldigten, weil sie eine Tendenz verfolgten.

Aber solche Producte werden wieder vergessen werden, weil ihnen die Grundbedingungen abgehen, die ein Kunstwerk — hier die klassische Literatur — haben muß, es fehlt entweder an der künstlerischen Ausführung, oder die Anlage war eine falsche.

Wo diese Bedingungen erfüllt sind, da werden die Werke, auch einer früheren Periode angehörend, noch heute nicht nur verstanden, sondern sie werden stets ihren Werth behalten; sie gehören der klassischen Literatur an.

In kurzen Worten zusammengefaßt heißt das, der Dichter muß es verstehen, den augenblicklichen Geschmack den künstlerischen Anforderungen unterzuordnen, — er kann ihm Rechnung tragen, aber darf sich davon nicht beherrschen lassen.

Als die hervorragendsten Perioden der Roman-Literatur, deren Entstehen und Verschwinden nachzuweisen ich der Literaturgeschichte überlassen muß, erwähne ich, ohne mich auf die bis in's 16. Jahrhundert zurückdatirende historische Entwickelung des Romans einzulassen, und indem ich erst mit dem letzten Viertel des vorigen Jahrhunderts beginne, und zu welcher Zeit die Romanliteratur erst anfängt einen größern Umfang zu erreichen, — erwähne ich also nur die Ritterromane, die weichlichen Bilder, die Räuberromane, die historischen Romane (die übrigens noch jetzt stets vereinzelt auftaugen), ferner die geheimnißvollen und überspannten französischen, die Seeromane, die Familienbilder, Dorfgeschichten, Criminalgeschichten. Alle diese verschiedenen Arten haben ihre Zeit gehabt, bis man ihrer überdrüßig wurde und bis wieder ein anderes „Motiv" zeitgemäß wurde.

Wer heutzutage einen glücklichen Griff gethan und einen neuen frappanten Vorwurf gefunden hat, kann sicher sein, daß er sofort Nachtreter nach allen Richtungen finden wird, und eine Zeitlang wieder verlangt das lesende Publikum nichts Anderes, als nur die Verarbeitung dieses Stoffes. Während einer solchen Periode treten alle anderen gefärbten Erscheinungen mehr oder weniger in den Hlntergrund, oder werden nur nebenbei verschluckt. Es führt dies — und ich kann es nicht anders als Modewesen bezeichnen — zu einer zeitweiligen Uebersättigung und Ermüdung, die eigentlich nicht stattfinden darf und wodurch eine Art Fabrikarbeit hervorgebracht wird, die der Kunst nur Schaden bringen muß. Indeß, es wird noch lange dauern, ehe wir über solche Perioden hinwegkommen.

Mag nun das Genre des Roman's, oder der Kreis, in dem sich seine Gestalten bewegen, sein welcher er wolle, das bleibt sich gleich, oder müßte sich gleich bleiben, wenn sonst Form und die übrigen Bedingungen, die man zu verlangen berechtigt ist, gut sind. Verfällt aber der Romandichter in den großen Fehler — ein Fehler, den unser heutiges sociales Treiben leider so oft mit sich bringt, — daß er seine ganze religiöse und politische Ansicht auskramt und zu Markte bringt, und auf diese Ideen so versessen ist, daß er sie zum Hauptthema seiner Dichtung macht, um die sich dann Alles dreht, nach denen sich alle seine Gestalten modeln, und daß er uns so statt lebendiger Figuren nur carrikirte, verzerrte Gebilde seiner Phantasie vorführt, dann gräbt er, wenn und wo er es thut, seinem Werke selbst das Grab, indem er sie gebiert. Er wird von einem Theile der Zeitgenossen verstanden und getragen werden, aber den Kranz der Unsterblichkeit wird ihn Niemand auf seine Dichtungen legen. Er fällt der Vergessenheit anheim.

Man wird solche Sachen lesen, vielleicht selbst mit Interesse lesen — vorausgesetzt, daß sie sonst gut gearbeitet sind, weil Jeder mehr oder weniger von den Zeitfragen mit berührt wird, aber man wird sie bei Seite legen, wie das Tageblatt, das ausgedient hat, wenn es das Füllhorn seiner Neuigkeiten über uns ausgeschüttet.

Wir haben mehrere bedeutende Romane — Tendenzromane, in welchen eine Fülle von Geist niedergelegt ist, die
eine reine vortreffliche Sprache haben, aber die in ihnen
vorwaltende Tendenz drückt sie zu leidigen politischen Ephe-
meren herab, die man kalt bei Seite schiebt und vergießt,
wenn sie im Fluge der Zeit ihre Bedeutsamkeit verloren;
hierbei wird die Kunst gemisbraucht, als Kulis behandelt
und schwerlich wird die stets strenger richtende Nachwelt solchen
Werken den Rang klassischen Werthes einräumen.

Freiherr von Eichendorff vergleicht den Tendenzroman,
von dem ich jetzt spreche, einem Zweckessen, hier handelt es
sich, sagt er, nicht um gesellige Lust und dort nicht um
Poesie und Wahrheit, sondern um Manifestation irgend einer
Coterie.

Der Tendenzroman kann, abgesehen von dem bereits
Gesagten, meines Erachtens nie Anspruch auf künstlerische
Vollendung machen, und zwar aus dem Grunde noch, weil
bei Verfolgung, Hervorhebung und Durchführung der Tendenz,
welche der Roman vertritt, nothwendig die Oekonomie, das
Gleichgewicht desselben gestört werden muß. Dieses, dem
künstlerischen Wesen fremde Element, wird sich überall nase-
weiß hervordrängen, der Roman wird zur Abhandlung, zum
Tractätlein, zur Philippika, kurz alles Andere, nur nicht das,
was er sein soll und außerdem einseitig in Anlage und
Ausführung.

Der Tendenzroman ist in seiner Einseitigkeit ein ge-
fährliches Product, denn es segelt unter falscher Flagge; es
entzieht sich der Entgegnung und verführt durch die ein-
schmeichelnde Form oft mehr als die Volksbeglücker, mit
deren Bestrebungen er oft Hand in Hand geht. Noch wider-
licher sind Tendenzromane, welche Propaganda für noch
ernstere Dinge machen wollen; hier wird dies Gebahren zur
Profanation.

Ich bin weit entfernt davon religiöser, politischer und
sonstiger Gesinnungslosigkeit das Wort reden zu wollen, oder
zu verlangen, daß man über alles den Mantel der Liebe

decke, oder mit Gleichgiltigkeit behandele, und daß man Alles vermeiden möge, was irgendwie da oder dort anstoßen könne. Nein! Der Schriftsteller, d. h. auch der Belletrist, mag und soll seine Ansicht frei äußern; auch im Roman kann er es, da in den erlaubten Reflexionen sich genug Gelegenheit bietet, Alles anzubringen, was das Herz beschwert, was die Seele drückt, es muß jedoch Beiwerk bleiben. Auf solche Privatgedanken aber ein ganzes Gebäude aufführen zu wollen, wie es im Tendenzromane geschieht, Menschenschicksale, oder das Verhängniß nach den Phantasien und Träumereien eines Einzelnen, oder einer Partei schildern und malen und für w a h r ausgeben zu wollen, — w a h r aber muß die Kunst allemal sein — das geht über das Erlaubte.

Was Gemeingut werden und bleiben, was Allen verständlich sein, von Allem gleich gut aufgenommen werden soll, muß auf einem allgemeinen, überall anerkannten Prinzip beruhen, und dies ist für die Kunst: S c h ö n h e i t und M o r a l.

Es ist nun bei unserm Kunstobject die Moral nicht Z w e c k. Wenn ich aber gleichwohl sage, daß er (als Kunstobject) seine Handlungen auf ethische Grundprinzipien zurückführen, und daß das Endziel (in der Hauptsache) der Triumph des Guten sein soll, so wird er dadurch noch nicht zum Tendenzroman. Dies ist a l l g e m e i n e s Prinzip und Anforderung der Aesthetik.

Es schließt bei alledem das Gesagte nicht aus, daß der Verlauf eines Romans eine Parteifärbung haben kann, ohne daß diese seinem künstlerischen Werthe Eintrag thut. Sind nämlich die ethischen Grundsätze festgehalten, sind die übrigen Bedingungen erfüllt, welche ihn zum künstlerischen Werke machen und ihm den Stempel der Classicität aufdrücken, dann wird auch eine anders gesinnte Partei, der Dichtung ihre Anerkennung nicht versagen können. Lassen wir z. B. von einem Vertheidiger der Revolution einen Demokraten als Helden schildern. Der p l u m p e Tendenzroman wird ihn mit roher Faust Alles niederschlagen, alle anders

Gesinnten per fas et nefas beseitigen lassen, und schließlich sehen wir den „Kämpfer für Recht und Freiheit" auf der Baricade, die Fahne schwingend, sein Liebchen umfassen, man weis nicht warum und weswegen er siegend dort triumphirte; es giebt genug solcher Producte. — Die eine Partei wird mit strahlendem Auge diesem zwischen Kugeln, Ketten und Bajonetten operirenden Baricadenhelden folgen und sich jeder Niederlage freuen, die dieser (oder der Schriftsteller) der „Gesellschaft" versetzt. Die andere Partei wird einfach sagen: „Das Zeugs kann man nicht lesen". — Auch die ernstere Kritik wird unwillkürlich in solchem Falle von der Parteiansicht befangen werden. — Und doch kann ich mir auch einen Demokraten (ich gehöre nicht dieser politischen Secte an) als Helden eines Romans denken, der durch seinen moralischen Werth, als Mensch, unantastbar, selbst für seine Gegner, dasteht. Es muß dabei der Mensch im Vordergrunde stehen, und das Mitglied der staatlichen Gesellschaft erst in zweiter Reihe; die Dichtung kann bei künstlerischer Ausführung vortrefflich sein und doch politische Färbung tragen. Der vorurtheilslose und gerechte Gegner wird der Arbeit die Anerkennung nicht versagen.

Wie mit dem politischen ist es auch mit dem religiösen Tendenzromane. Wird mit einseitiger Blindheit auf das Eine Ziel losgesteuert, — und das charakterisirt ja eben den Tendenzroman — so wird ein schiefes Werk fertig, das hier verdammt, dort ungebürlich gelobt wird. Und so ist's mit Allem.

Die Tendenz wird, kurz gefaßt, schädlich und unkünst= lerisch, wenn sie sich über die Forderungen der Kunst im Object erhebt. Ein Kunstwerk muß aber neutral sein und, über den Parteien stehend, Allen genügen können.

So auch der Roman. In seiner Anlage muß er den allgemeinen Anforderungen der Aesthetik entsprechen, und darf nur in der Ausführung Schattirungen haben, in den der Dichter subjectiv auftreten, auch seine Meinung aus= sprechen kann. Geschieht dies in erlaubtem Maaße, so wird sie bei Niemandem gerechten Anstoß erregen, das künstlerisch Schöne wird die Parteizerissenheit überwallen, man nimmt sie hin, wie man auch die Welt nicht in Stücke schlägt, weil es anders Denkende giebt.

Ich habe mich vielleicht etwas zu lange schon mit dem Tendenzromane beschäftigt, aber es ist dies auch ein Thema, das man bisher zu wenig gewürdigt hat und das zu leicht genommen worden ist.; die Kritik war zu tolerant. Da es aber meiner Ansicht nach ein zu großer Krebsschaden für die künstlerische Entwickelung des Roman's ist, so konnte ich nicht umhin, mich auch ausführlicher darüber auszusprecheu.

Die Kunst ist: objective Darstellung von Ideen bis zur vollendeten Erscheinnng (Wagner); hiernach muß das Wesen des Roman's in ästhetischer Bedeutung und Auffassung darin zu suchen sein:

daß er die Schilderung interessanter Charaktere und idealer Seelenzustände zu seinem Vorwurfe hat und, um auch den ethischen Ansprüchen gerecht zu werden, den Sieg des guten Prinzips verherrlichen muß, oder wenn wir Beides zusammenfassen, er muß durch Schilderung von Charakteren dem Leser vor Augen führen — abgesehen von den Zwischenfällen (der Romantik) — wie im Leben das Ende vom Anfang abhängt, wie jede Handlung, ob gut oder böse, ihre nothwendige Folge hat und wie das moralische Bewußtsein im Menschen abhängt von seinem wahren Werth.

Es sei dabei nicht ausgeschlossen, daß der Held — wenn er das böse Prinzip vertritt — seine Sünden mit Gold zu verdecken sucht, aber ihm wird die innere Befriedigung, seinen Handlungen die Sicherheit fehlen, wie umgedreht der Gute im äußerlichen Unglück dargestellt werden kann, er dabei aber innerlich glücklich genannt werden muß. —

Im Romane genügt es dabei freilich nicht, daß nur die einfache, schmucklose Darstellung der Schicksale der Helden geboten werde, wodurch er zur einfachen Erzählung herabsinken würde, er bedarf im Gegentheil auf der einen Seite, um höheres Interesse zu erringen, eines gewissermaßen wissenschaftlichen Beiwerks, auf der anderen Seite künstlerischer Ausschmückung und Abrundung. Ersteres ist nöthig, zu Erklärung und Entwickelung der Charaktere und der Situation, Letzteres aber um ihn zum Kunstwerk zu stempeln.

Es ist im Grunde genommen gleichgiltig, welche Licht- und Schattenseiten der menschlichen Seele geschildert und welche Lebenslagen dem Leser vorgeführt werden; doch mit Recht verlangt man Mannigfaltigkeit der Bilder, Leidenschaft, selbst Aufregung in den Handlungen. Für den Helden des Romans sucht man dies durch die Liebesintrigue zu erreichen. Diese bildet den eigentlichen Kern, den Crystallisationspunkt, an dem die Strahlen des Beiwerks sich ansetzen.

Zwar giebt es vereinzelte Romane auch ohne Liebe, doch dies sind nur Ausnahmen — Versuche. Die Liebe als der höchste Affect im menschlichen Sein, wird ewig der beste und schönste Vorwurf für den Dichter bleiben.

Wie der Roman die Durchführung der christlichen Moral als Hauptrichtung feststellen muß, so darf der Dichter bei Ausführung des oben erwähnten Beiwerks und ganz besonders bei der Liebesintrigue das Sittliche nicht verletzen, nicht etwa die Liebe des Bordells verherrlichen wollen, wenn er nicht sein Werk in den Schmutz herunterziehen und allen Anspruch auf höhere Bedeutung verlieren will.

Freilich ist es nicht immer möglich, uns das absolut Reine und das vollendet Gute zu geben und zu schildern; es würde ein großer Hebel für den Schriftsteller verloren gehen, wenn man die Grenze, bis wohin man gehen darf, zu enge ziehen wollte. Schon um des Interesses und der Wirkung willen muß das weniger Schöne und Gute zu berühren und selbst auszuführen erlaubt sein; es kommt ja

Alles auf die Form an, wie es geschieht. Wie weit man dabei zu gehen wagen darf, ohne den Vorwurf auf sich zu laden, auf der einen Seite zu großer Weichlichkeit, allzugroßer Prüderie, oder dem Pietismus zu huldigen, oder auf der andern Seite durch allzufreie Sprache und durch allzuweite Lüftung des Vorhangs dem Sittlich-Schönen zu nahe zu treten, dies ist eben — die Kunst des Dichters. Hier läßt sich im Voraus kein Maas bestimmen.

Für die Romandichtung, die so genau mit dem wirklichen Leben sich beschäftigt und daher zuweilen vom streng künstlerisch Schönen abbiegen muß, ist es überhaupt schwer, ähnlich wie bei anderen Künsten, eine feste und nach allen Seiten hin bestimmte künstlerische oder ästhetische Form aufzustellen.

Je starrer die Form und je entfernter der Darstellung des Lebendigen die Kunstart steht, desto eher ist es möglich, die ästhetischen Grundprincipien festzuhalten, wohl gar auf Zahlen zurückzuführen. Architektur und Plastik stehen in dieser Beziehung oben an, bei ihnen kommen die Zahlen zur vollsten Geltung*), im Drama sehen wir auch noch gewisse (zeit-) räumliche Größenverhältnisse der einzelnen Theile unter sich als maasgebend angenommen, während sie in der Malerei (von den perspectivischen Größenverhältnissen kann natürlich hier nicht die Rede sein), wo das Leben mit seinen mannigfachen Formen und Ansprüchen bestimmend eintritt, mehr und mehr in den Hintergrund treten und die Größen der einzelnen Gruppen z. B. sich nach den Vorbildern der lebendigen Natur und dem gegebenen Sujet mit richten müssen; noch größere Freiheit hat, noch entfesselter ist der Componist und am Wenigsten kann sich der Romandichter einschränken.

Die verschiedenen Elemente, welche bei ihm auftreten, lassen sich nicht so leicht, wie die Theile bei anderen Kunstwerken in starre Zahlenreihen drängen; die verschlungenen

---

*) Wie dies schon Zeising in seinem Werke über den goldenen Schnitt eingehend zu beweisen versucht hat.

Pfade des Lebens, die er wahr und bewegt zu schildern hat, erfordern, daß er vollkommen freie Hand hat, nicht ängstlich die Längen und Kürzen der einzelnen Partieen abzuwägen nöthig habe.

Ich sagte, daß er am Wenigsten sich beengen läßt, doch ungestraft dürfen diese Rücksichten auch nicht aus den Augen gelassen und wohl gar vernachlässigt werden.

Sehen wir, ob, und wie sich dieser Zwiespalt lösen läßt und ob sich doch gewisse Hauptgrundsätze feststellen lassen.

Der Roman besteht aus vier Elementen, die abwechselnd und an richtiger Stelle angewendet, die Schönheit desselben bedingen. Es sind dies:

Die Erzählung. — Entwickelung des Historischen,
Schilderung des Äußerlichen. — Beschreibungen,
Gespräche der handelnden Personen und
Reflexionen,

welche Letztere nicht streng zum Ganzen gehören.

Jedes dieser vier Elemente hat seine Berechtigung und Anspruch auf einen gewissen Raum, der aber im Verhältniß zu den übrigen Gliedern nicht überschritten werden darf. Jedes Uebermaas des einen oder des andern würde ermüdend wirken, oder die Lebendigkeit beeinträchtigen, jedenfalls das geforderte künstlerische Ebenmaas stören.

Den Haupttheil nimmt mit Recht die Erzähluug, die rein objective Darlegung der Situation und der Verhältnisse ein. Zum Historischen gehört auch als accessorischer, der beschreibende Theil, d. h. die Schilderung alles Aeußerlichen, des Orts der Handlung, der Persönlichkeiten, sowie die nöthige Ausführung der Charaktere. Letztere werden zwar auch durch die Gespräche und auch zum Theil durch die Handlungen der Personen selbst, dem Leser noch vorgeführt, doch genügt dies nicht immer, da man sonst oft zu lange im Unklaren bleiben würde, über das, wofür man die eine oder die andere Figur ansprechen solle. Eine solche, wenigstens in Umrissen gegebene Schilderung der Charaktere muß vorausgehen, in welchen Rahmen dann, wenn er mit

Geſchick angelegt iſt, die ſpäteren Reden und Handlungen, das Thun und Treiben der Perſon hineinpaſſen muß.

Eine zuweit getriebene, ich möchte ſagen ängſtliche Ver= nachläſſigung (oder Vermeidung) von Schilderungen und Beſchreibungen, auch ſelbſt weniger bedeutender Aeußerlich= keiten — der ſogenannten Detailmalerei — rächt ſich da= durch, daß das Geleſene ſich ſchneller und ohne einen blei= benden Eindruck zu hinterlaſſen, verwiſcht, ſelbſt bei der ſchönſten Sprache des Romans. Das bloſe Raiſonnement genügt der Phantaſie nicht. Der Menſch braucht der Bilder und bildlicher Vorſtellungen zur lebhaften Empfindung und je lebhafter wieder die Empfindung war, deſto treuer wird das Gedächtniß ſein. Wer erinnert ſich nicht ſo mancher Erzählung und Geſchichtchen aus ſeiner Kindheit, die nur darum ſo feſt hafteten, weil uns die beigegebenen Bilder mit ihrer unnennbaren Farbenpracht von Grün, Gelb, Roth und Blau noch deutlich vor Augen ſtehen! — Der Dichter aber will nicht nur für den Augenblick arbeiten, und er muß darum alle erlaubten Mittel anwenden, ſeinem Werke die Friſche und Lebendigkeit zu geben, die ihm einen größern Effect ſichern.

Die beiden letzten Kategorien, nämlich Charakter= ſchilderungen und Detailmalerei dürfen aber nicht hervortreten; erſtere dürfen, wie ſchon angeführt, nur in der Hauptſache gegeben werden, und ſollen ſich dann durch die Action ſelbſt weiter ergänzen und erklären, letztere hin= gegen nur da angebracht ſein, wo es zum Schmuck oder wo die Kenntniß der äußeren Umgebung nöthig iſt. Aus= ſchweifungen hierbei können leicht läſtig werden, das Nöthige nie. Kleine „Drucker" oder „aufgeſetzte Lichter", wie der Maler ſagen würde, ſind eben nöthig, und ſetzen oft eine ganze Scene erſt in's rechte Licht, wodurch ſie uns deutlich und klar vor die Augen tritt und wodurch wir uns im Raume und der Umgebung heimiſch und bekannt fühlen.

Im Geſpräch liegt der Schwerpunct der feineren Ausführung für den Dichter, und hierin kann er den meiſten

Geſchmack entwickeln und ſcharfſinnige Charakterzüge anbringen. Uebermaaß des Dialogs jedoch wirken, wegen mangelnder Bewegung noch ſchleppender, als zuweit ausgedehntes Raiſonnement oder zu breite Schilderung. Letzteres kann durch die Schönheit der Sprache befriedigen, oder auch durch Erzeugung von Bildern und Vorſtellungen erregend wirken, Erſteres aber, zu lang ausgeſponnen, wird bei allem Aufwand von Geiſt und Witz das Gefühl von Magerkeit erregen. Weiter wird eine Figur, die uns meiſt nur redend vorgeführt wird und deren Handlungen nur mit den knappſten Worten erzählt werden, wie ein Nebelbild vor unſerm Innern ſchweben; leſen wir aber, wie ſie geht und ſteht, ſich kleidet, kennen wir ihre Phyſiognomie, ihre Gewohnheiten ꝛc., dann gewinnt ſie Leben, wird ſie vor uns ſtehen in lebhaften Farben, und jemehr eine ſolche Figur aus dem Leben gegriffen war, deſto mehr ſind wir geneigt, auch eine Perſönlichkeit unſerer Bekanntſchaft ihr unterzuſchieben, — die Figur wird ſich unſere Phantaſie feſt einprägen; es gewinnt Alles Fleiſch und Blut.

Derſelbe Dialog auf der Bühne wird darum ungleich ſtärker wirken, als im Roman, ſelbſt bei der vortrefflichſten Schilderung der Situation, weil wir dort die Perſonen in Wirklichkeit ſehen, die wir hier uns aus der Beſchreibung erſt herausbilden müſſen.

In letzter Reihe der einzelnen Theile des Romans ſteht endlich die Reflexion oder das allgemeine Raiſonnement, über zufällige oder auch über zum Roman gehörige Dinge. Es iſt dies die Würze zur Speiſe, muß alſo mit Vorſicht und mit berechnendem Maaſe beigegeben werden. Richtig eingeſtreut, wirkt erfriſchend, am unrechten Ort beläſtigend, das Zuviel daran erdrückend, wie z. B. öfters bei Bulwer.

Es iſt daher auch falſch, wenn der Roman als Lehrſtuhl benutzt wird, um gewiſſe Anſichten ſozuſagen an den Mann zu bringen. Wer ernſtere Studien machen will, bedarf anderer Hilfsmittel; hier darf das Wiſſenſchaftliche nur in schöner und concifer Form geboten werden. Greifen wir, um ein Beispiel zu geben, noch einmal auf das Drama zu= rück. Die kurzen, kernigen Sprüche voll Wahrheit und Lebensweisheit schlagen durch und werden bald Gemeingut des Volkes; wollte man statt ihrer Abhandlungen auf die Bühne bringen, so würden die Logen bald leer sein.

Wie viel ließ sich recht schön, wahr und belehrend über das sagen, was die Porzia mit wenig Worten charakterisirt:

Wäre Thun so leicht als Wissen, was gut zu thun ist, so wären Kapellen Kirchen geworden und arme Leute hätten Fürstenpaläste.

Was vom Drama gilt, gilt auch mutatis mutandis beim Roman.

Ich wiederhole, was ich schon oben bemerkte, daß die Aesthetik gewisse Maaße vorschreibt für die Gliederungen der einzelnen Theile der Kunstwerke. Für andere Kunstschöpfungen hat man längst bestimmte Formen und Maaße gefunden und aufgestellt, nur noch nicht für den Roman, eben weil man ihm nicht den künstlerischen Werth zuerkennt, den er sich er= ringen kann; betrachtet man ihn aber als Kunstobject, dann unterliegt er gewiß auch jenen Kunstgesetzen und hat daher für seine Gliederung vorgeschriebene Größenverhältnisse.

Um diese zu bestimmen, hat man sich die drei Haupt= bestandtheile des Roman's zn vergegenwärtigen, wobei von den oben angegebenen vier Elementen die beiden ersten — Geschichtliches und Schilderungen (weil zusammengehörig) in Eins zusammenzufassen sind. Es sind also die drei Theile:

Die geschichtliche Entwickelung, die dazu nö= thigen, rein beschreibenden Erläuterungen (Orts= und Ver= hältnißbeschreibungen) und die Charakterschilderungen bilden den Kern des Ganzen, den Grundbau und beanspruchen daher die meiste räumliche Ausdehnung.

Der Dialog, als weiterer Auf= und Ausbau hat schon mehr ornamentalen Charakter, wenngleich in ihm auch Geschichtliches und Wichtiges verflochten, er also zur Noth=

wendigkeit wird. Er darf nur die Hälfte ungefähr des Vor=
hergehenden einnehmen.

Der dritte rein accessorische und nur zur Unterbrechung
der beiden anderen dienende Theil, die Raisonnements
und Betrachtungen, die nicht wirklich integrirende Theile
sind, müssen selbstverständlich ganz zurücktreten. Sie dienen
nur als „Schönheitspfläfterchen". —

Der erste Theil wird wieder nach drei verschiedenen
Richtungen hin gegliedert werden müssen, die aber in enger
Verbindung mit einander bleiben und sich fortwährend durch=
kreuzen. Das rein Geschichtliche behauptet auch hier
überwiegenden Vorrang, erläuternde Schilderungen
müssen quantitativ ihm nachstehen und den geringsten Raum
dürfen endlich die Charakterschilderungen einnehmen,
da für deren Entwickelung noch anderweitig Gelegenheit ge=
geben ist.

In Zahlengrößen nun ausgesprochen, — wenn dieser
gewagte Schritt erlaubt ist — würde ich die verschiedenen
Werthe folgendermaßen vertheilen:

$$\left.\begin{array}{l} \text{1) a. } \textbf{Geschichtliches } 4 \\ \quad \text{b. } \textbf{Schilderungen } . \ 3 \\ \quad \text{c. } \textbf{Charaktere } . \ . \ 2 \end{array}\right\} 9,$$

$$\text{2) } \textbf{Dialog } . \ . \ . \ . \ . \ 5,$$

$$\text{3) } \textbf{Reflexionen } . \ . \ . \ 1.$$

Es wird wohl Niemand den Einwand machen, „daß
es nicht möglich sei, die hier gegebenen Zahlenverhältnisse" —
selbst ihre Richtigkeit zugestanden — „beim Dichten eines
Roman's einzuhalten." Dies ist allerdings bei unserem Ge=
genstand mit äußerster Consequenz durchzuführen, das gestehe
ich zu, kaum möglich und hieße dem Genius die Flügel ver=
stutzen; aber es liegt trotzdem nicht in der Willkür des
Dichters, wie weit er die Grenzen, die ihm von der Natur
der Sache gesteckt sind, überschreiten darf.

Der geborene Künstler schafft ohne zu messen, sein
künstlerischer Taktsinn (wenn man sich so ausdrücken darf)
läßt ihn das richtige Maas finden, auch wenn er während

des Schaffens, unbekümmert um die Grundsätze der Theorie, seinem Genie freien Lauf läßt. Das ist ja das Göttliche im Künstler. Erst der kalte, zählende und messende Kritiker legt Zollstab und Richtschnur an und vergleicht das geschaffene Object mit den durch die experimentale Wissenschaft gefundenen Grundsätzen. Der Künstler fühlt, wo der Kritiker denkt.

Wir haben also, um noch einmal das Gesagte kurz zu wiederholen, im Romane eine „Dichtung in ungebundener Rede", deren künstlerischer Werth in der Anordnung und Ausführung, deren ethischer Werth aber in der Summe des in ihm Niedergelegten liegt, wodurch er, wie andere Kunstobjecte, auch zur Bildung beizutragen im Stande ist. In letzter Beziehung steht er vielleicht allen anderen Kunstwerken voran, da er nicht nur vermöge seiner Natur am Wirksamsten zum Menschen spricht, sondern auch, weil die Wirkung noch bedeutend erhöht wird, der Eindruck ein tieferer auf uns ist, daß wir uns länger mit ihm beschäftigen müssen, als mit jeden anderen schneller an uns vorübergehenden Kunstwerken.

Man möge dieses ja nicht unterschätzen.

Er erfüllt also alle Bedingungen, die wir an ein Kunstwerk zu machen berechtigt sind; wir müssen ihn als solchen betrachten, und können nunmehr zur Kritik desselben übergehen.

Aus Vorstehendem ersehen wir, welche allgemeine Anforderungen der Form nach an den Roman als Kunstwerk gestellt werden müssen; fassen wir nunmehr zur weiteren Beurtheilung desselben in ästhetischer Beziehung die Puncte näher in's Auge, die ihm, wie bei jeder Kunstart, eigenthümlich sind. Auch hier finden wir drei verschiedene Richtungen, nach welchen die Kritik ihn zu beurtheilen hat. Es sind dies:

1. die Anlage des Ganzen, d. h. der Gang der Geschichte mit seinen Verwickelungen,
2. die Entwickelung und Durchführung der einzelnen Charaktere, und
3. die Darstellungsart oder der Styl.

Das vollendete Werk soll nach allen drei Seiten hin mit gleicher Sorgfalt gearbeitet sein; aber selten findet man dies. Der Eine ist stark in der Anlage, der Andere in der Darstellung von Menschen oder in Schilderungen, der Dritte beherrscht die Sprache und vernachlässigt das Andere. Nur wo jedes Einzelne richtig bedacht und ausgeführt, wo mit sceptischer Sorgfalt vorgegangen worden ist, werden wir ein vollendetes Kunstwerk entstehen sehen, das keinem Zeitwerth unterliegt und in seiner classischen Vollendung der Vergessenheit entgeht; das wahre Schöne bleibt und steht über dem Geschmack der sonst so wankelmüthigen Menge.

Das Wesen des Kunstwerkes besteht in der ihm eingeborenen Idee (Wagner); doch darf die Idee nicht nackt hingestellt sein, wie in der Wissenschaft, sondern Idee und Form bilden zusammen erst das fertige Kunstwerk. Dieses wird beim Romane zunächst erreicht durch die Anlage oder durch den Gang der Geschichte. Sie muß — das ist um höchsten Ansprüchen gerecht werden zu können, Haupterforderniß, — wahr, wenigstens möglich sein.

Es ist freilich schwer, hier die Grenze zu finden und sich nicht fortreißen zu lassen, noch schwerer, sie vorzuzeichnen; es ist eben der Begabung des Dichters anheimzugeben, aus den oft wunderbaren und fast unglaublichen Zufällen des wirklichen Lebens solche Momente herauszugreifen und sich solche Situationen zusammenzustellen, die spannend (und auch neu) sind, ohne doch vom Leser zu große Leichtgläubigkeit und zu gewaltige Anstrengungen der Phantasie zu verlangen. Wo die Wahrheit aufhört, hört auch das Künstlerisch-Schöne auf, das Schaffen wird zum Spiel.

Die Situation aber so zu geben, daß sie immer innerhalb der Grenzen des Schönen bleibt und doch das

Interesse des Lesers durch Verwickelnngen und eng verschlun=
gene Knoten in äußerer Spannung erhält, — daß die Er=
eignisse sich so brängen, daß man das Ende nicht schon auf
den ersten Seiten erräth, — daß dabei aber stets Eins aus
dem Andern naturgerecht folgt und Alles psychologisch be=
gründet ist, — auch daß die Effecte, wie schon gesagt, nicht
der Märchenwelt angehören, — oder endlich, daß sie, wenn
auch der Wirklichkeit entnommen, nicht, wie man sagt, mit
den Haaren herbeigezogen erscheinen, nicht wie ein Deus ex
machina auftreten, — das ist die Kunst des dichteri=
schen Schaffens.

Wenn z. B., wie in einem älteren Roman aus dem
Ende des vorigen Jahrhunderts, der Autor einer ganzen
Gesellschaft, die ihm schließlich sehr unbequem unterzubringen
wird, sich nicht anders zu entledigen weiß, als daß er sämmt=
liche ihm unliebsame Personen unter einen Thorweg treten
und diesen plötzlich aus freien Stücken — man könnte sagen
aus Muthwillen — zusammenstürzen läßt, so daß sie alle
elendiglich umkommen, so kann man dies nicht mehr künst=
lerisches Schaffen nennen, sondern das heißt künstliches Zer=
stören.

Die Ereignisse müssen alle vorbereitet und gehörig be=
gründet sein, so daß, wenn sie an uns herantreten, wir
wissen, warum dies geschah, auch dann, wenn sie früher
so wenig hervorgehoben hingestellt waren, daß das Folgende
mehr ungeahnt und überraschend auftritt. Jeder Wirkung
muß, mit anderen Worten, die Ursache vorangehen. Drastische
Wirkungen durch ganz plötzliche Ereignisse zu erzielen, ohne
der Wahrheit zu nahe zn treten, oder ohne gezwungen zu
erscheinen, ist sehr schwer und bleibt allemal gewagt; das
„Frappante" ist nur Sache des geübten Dichters, der wohl
weiß, was er thun darf.

Es soll z. B. ein Kahn im Gewittersturm auf der See
umschlagen und die vorher heitere Gesellschaft dem nassen
Grab übergeben; sie hat sich bei schönem Wetter zur Lust=
fahrt gerüstet und ahnungslos dem Vergnügen hingegeben.

Es wäre nun ebenso unkünstlerisch, wenn gleich recht effectvoll und überraschend, wenn plötzlich der Föhn aus den Bergen hervorbräche und Alle mit lautem Gekreisch in der Tiefe verschwänden, wie es aber auch schleppend werden würde, wenn schon vorher der schwarze Himmel dem Leser mit voller Gewißheit die Katastrophe vorhersehen ließ. Und doch muß die Schilderung dieses oder jenes Umstandes darauf hindeuten, oder durch sonst eine Bemerkung uub Aeußerung vorbereitet sein, daß ein Sturm kommen kann.

Ob die Ursache einer beabsichtigten Wirkung im unmittelbaren Zusammenhang mit dieser gebracht wird, oder ob sie lange vorher berührt, oder endlich langsam vorbereitet wurde, bleibt sich gleich. Man kann und muß dem kritischen Leser so viel Interesse und Aufmerksamkeit zumuthen, daß er den Zusammenhang herausfinde, auch wenn er weiter auseinander liegt. Das Spannende des Romans und mit ihm das Interesse für denselben wird wachsen, je weniger bequem es dem Leser gemacht ist, d. h. je mehr die Ursache und Wirkung auseinander gehalten ist, je verdeckter die endliche Entwickelung im Beginn vorbereitet war und je mehr wohlberechtigte Ueberraschungen ihm bereitet wurden.

Die Verwickelung ist mehr äußerlicher Schmuck, aber durchaus nicht zu unterschätzen; sie ist hier das, was der gefällige und lebendige Faltenwurf bei der Statue ist.

Die Abwechslung und Beweglichkeit in der Situation erhält den Leser frisch; die Nothwendigkeit, bei den mannichfachen Wirkungen des Geschichtlichen den Faden festzuhalten, die einzelnen wichtigen Figuren, die bald hier, bald dort handelnd auftreten, in ihrem Thun und Treiben zu verfolgen, fordert größere Aufmerksamkeit und weckt doppeltes Interesse.

Wie man bei der Composition der Situation mit Vorsicht zu Werke gehen muß, so darf man auch bei der Schilderung selbst nie künstlerische Kritik vergessen; ich will damit vorzüglich sagen, daß man die Effecte nicht im Haarsträubenden, nicht im Grausenhaften suchen soll, wie seiner Zeit in den hinter den Küchenheerden verschwundenen

Ritterromanen. Hat es übrigens zuweilen auch seine Berechtigung, so darf es doch nicht, um des Kitzels für den behaglichen Leser Willen, das Maas des Schönen überschreiten. Bei solchen Scenen wirken oft Andeutungen mehr auf das Gemüth, als abschwächende Detailbeschreibungen, wie ja das Halbverschleierte immer einen größeren Reiz ausübt, als das Nackte. Es mag auch ein Publikum geben, welches des Drastischen nie genug bekommen kann, das, um erregt zu werden, eine starke Dosis des Grausenhaften bedarf, dies Publikum aber ist nicht das Bestimmende.

Um auch hier ein Beispiel anzuführen, erwähne ich eine Scene aus einem anderen Romane, wo der Kampf zweier Aelpler auf einer schmalen, abschüssigen Matte geschildert wird. Im Ringen versetzt der Eine dem Andern einen Stoß, daß er rückwärts taumelt. Die Schilderung schließt mit den Worten: „Betäubt griff er um sich; er griff in's Leere." — Diese wenigen Worte wirken mehr und ergreifender, als wenn man ihn von Zacke zu Zacke fallen sähe, bis er zerschmettert in der Tiefe ankommt.

Beim Entwurfe endlich muß man sich sehr hüten, wogegen aber gerade sehr oft verstoßen wird, nicht im Beginn sich auszugeben, um am Schluß, nachdem man vorher mit allzugroßem Anlauf vorwärts geschossen, athemlos dazustehen, nicht weiter zu können und froh zu sein, wenn man sich bis zu einem glücklichen Ende schleppen kann. Wie oft z. B. werden die vor Jahren so sehr beliebten Criminalgeschichten mit allem nur erreichbaren, künstlichen Apparat und mit Aufbietung aller zu Gebote stehender Erfindungsgabe begonnen; dies geht bis zur Mitte so fort, und die Dichter überbieten sich im Scharfsinn, bis der Witz zu Ende geht, die auf Stelzen gehende Erfindung sich nicht mehr halten kann und wie ungeübte Stelzenläufer in den Sand purzelt. Es fehlt die richtige Vertheilung, mit welcher man, namentlich bei mangelnder Phantasie, doppelt haushälterisch umgehen muß. Wenn man sich so von vornherein mit allen spannenden Momenten breit macht, dann bleibt nichts mehr übrig, und mit unverhältnißmäßig schnellem Ende sehen wir die Helden dem Alter oder dem Grabe zueilen, und man ruft unwillkürlich aus, quel bruit pour une omelette. Wie der kundige Jokey sein Pferd anfangs vorhält, nur nach und nach die Hülfen giebt und erst am Stard ankommend, das Pferd in vollen Façaden vortreibt, so muß auch der Dichter im Beginn sich zurückhalten, seine Kräfte nicht im ersten Band vergeuden, um dann schwach zu enden.

Es muß Alles im Gleichgewicht stehen.

Ehe ich diesen ersten Punkt verlasse, will ich über die handelnden Personen noch Einiges hinzufügen.

Selbstverständlich wird die Lebhaftigkeit des Romans durch die Anzahl der eingeführten Figuren erhöht, trotzdem aber darf man, nur in Absicht kaleidoskopische Bilder zu schaffen, nicht zu freigebig sein, weil es eben so schwer ist, sie zur gehörigen Zeit verschwinden zu lassen, als sie fernerweit mit Grund in der Handlung zu verwenden. Beides aber gehört zur richtigen Anlage.

Es ist natürlich nicht möglich, alle Erscheinungen, namentlich die untergeordneten, entscheidend im Getriebe der Geschichte eingreifen zu lassen, sondern es müssen zur Staffage auch, man erlaube mir den Ausdruck, „tobte“ Figuren auftreten; diese aber spielen dann auch keine Rolle und sind meist vorübergehend; erlangten sie aber eine gewisse Bedeutung, dann muß man auch erfahren, wann und warum sie verschwinden. Die Beseitigung nun solcher Nebenfiguren ist nicht immer ohne Schwierigkeit und erfordert Geschick und Geschmack, wenn man nicht zu dem oben erwähnten Radikalmittel greifen und sie durch einen Thorweg will erschlagen lassen. Auf der anderen Seite wirkt es oft schleppend (wenn auch nicht unbedingt allemal), diese Nebenfiguren unnöthig mit fortzuführen. Will man, um diesem Conflicte auszuweichen, zu wenig Leben in die handelnden Personen bringen und alle Nebenfiguren bequem vermeiden, so verfällt man wieder in den andern Fehler zu großer Magerkeit und Dürftigkeit. —

Es ist nicht zu verkennen, daß es sehr schwer ist, zwischen dieser Scylla und Charybdis hindurch zu kommen, und bedarf es ganz besonders hierbei des dichterischen Taktes; Zahlen anzugeben ist nicht möglich.

Der zweite Hauptmoment bei Beurtheilung eines Roman's ist die Aus= und Durchführung der Charaktere. Hierin spricht sich nun vorzüglich die höhere oder mindere Gediegenheit der Dichtung aus. Man übersieht eher eine mangelhafte Anlage, eine unwahrscheinliche Composition, nicht aber so leicht fehlerhaft und falsch durchgeführte Charaktere.

Der Roman soll nicht blos unterhalten, er soll, wie wir bereits sagten, auch bilden und belehren; dies aber kann er nur, wenn die Menschen, deren Leben und Treiben er schildert, Fleisch und Blut haben, wenn ihre Gedanken und Handlungen der Wirklichkeit entnommen und wenn diese mit ihren Erfolgen, den Gesetzen der Moral und der Erfahrung im Einklang stehen. Wohl gehört zu einer solchen Dar= stellung tiefes psychologisches Erkennen, geschickte Beobachtung und Auffassungsgabe, namentlich aber Lebenserfahrung, um wahrhaft Gutes zu liefern. Hier ist das Feld, wo sich der Romandichter von dem Romanfabrikant auszeichnet. Jener geht mit Ernst in's Werk, dieser, — nun dieser füllt eben nur Bogen. — Hier ist das Feld, wo der Roman auch Gutes wirken kann, denn er lehrt da, wo die trockene Wissenschaft vielleicht vergeblich anklopfen würde.

Leider ist dies gerade so wenig er= und anerkannt. Man denkt nie daran, daß eine Unterhaltungslectüre auch von Nutzen sein könne, man ist so wenig gewohnt das Gute finden zu wollen und achtet, wie gesagt, den Roman zu gering, um ihm bildenden Werth beizulegen.

Die Charaktere, mögen sie nun gut oder bös sein, sollen vom Anfang bis zum Ende sich consequent gleich bleiben, (wenn eine Sinnesänderung nicht psychologisch gefordert ist,) und die Handlungen, welche die Personen begehen, müssen in deren Denkungsweise begründet sein. Dieses Verlangen stellt man mutatis mutandis an jedes Kunstwerk nach seiner

Art. Fehler in dieser Consequenz stürzen das ganze Gebäude um.

Verfolgt der Roman das ethische Prinzip, das ich als das allein richtige anerkennen kann, so wird folgerecht, — im Allgemeinen ausgesprochen, — das Gute belohnt, das Böse bestraft werden müssen. Ob man bei der Entwickelung den Tod dazwischen treten und das Irdische somit abschließen läßt, ist gleichgültig, vorausgesetzt, daß der Tod seinen natürlichen Grund im Vorangegangenen findet, und daß dieser Miston, der dadurch erzeugt wird, die Wirkung erhöht, welche dem Thema des Ganzen zu Grunde liegt. Mit der vorher ausgesprochenen Belohnung des Guten ist nicht gemeint, daß man, wie im Märchen, allemal den Helden mit Reichthümern überschütten oder sonst im au ß e r e n Glück schwimmen lassen soll; er kann vielmehr äußerlich im Unglück schmachten, der Verbrecher hingegen der irdischen Strafe sich entziehen, — dann aber muß das ganze Gewicht des Roman's auf die inneren Seelenzustände gelegt und die nothwendig eintretende „Vergeltung" muß hierin zu finden sein.

Wie in der Wirklichkeit die Schicksale oft wunderbar verlaufen und sich räthselhaft verschlingen, so darf man wohl auch im Roman des Räthselhaften und Geheimnißvollen sich bedienen, nur muß die L ö s u n g f o l g e n und der Leser muß erkennen können, warum die Verschlingung und ihre Entwickelung eine außerhalb des Gewöhnlichen liegende war. Eine solche Lösung zu geben, ist eben wieder Sache der Durchführung der Charaktere, nach welchen allein wir die Handlungen der Personen beurtheilen können.

Im wirklichen Leben können wir ein solches Klarsehen nicht immer verlangen, da bleiben oft viele Räthsel ungelöst; hier ist unser Blick ein viel zu befangener, getrübter, die Charaktere liegen nie so offen vor uns, die Glieder des Gewebes sind hier viel zu weitläufig, so daß wir sie nicht so leicht, oder gar nicht überblicken, und wir können erst nach Vollendung der Thatsachen, die zuweilen so lange auf sich warten lassen, daß wir allen Zusammenhang verlieren, mit Sicherheit urtheilen.

Anders im Romane, wo Anfang und Ende eines Menschenlebens vor uns liegt, wo wir die Menschen bis in ihr innerstes Denken genau kennen lernen sollen; da darf uns, sollen wir befriedigt das Buch aus der Hand legen, weder ein moralisches noch materielles Räthsel zu lösen übrig bleiben.

Es ist nicht genugsam darauf hinzuweisen, welche Wichtigkeit die richtige Schilderung der Charaktere, der Gewohnheiten und Eigenthümlichkeiten der agirenden Personen für den Gang des Romans und für dessen Beurtheilung hat. Mag man dies alles im Gespräch, oder im Handeln hervortreten lassen, oder auch erzählend dem Leser vor das geistige Auge führen, darauf kommt nichts an. Sind die Figuren nun „Möglichkeiten“, d. h. keine fabelhaften Romanhelden, sind sie so treu geschildert, daß wir sie zu kennen scheinen, und ihre Handlungsweise schon im Voraus selbst zu beurtheilen vermögen, dann haben sie den Grad der Vollkommenheit in der Zeichnung erreicht, den man zu verlangen berechtigt ist und der die vollständigste Anerkennung immer mit sich bringen wird.

Charakterschilderung ist die Klippe, an welcher Frauenarbeiten meistens scheitern. Entweder sind ihre Menschen Ideale, wie man sie vergebens auf Erden suchen würde — oder sie sind zu schwach, kern- und thatenlos. Der Grund ist leicht zu finden. Ehe man etwas schildert, muß man es zuvor kennen gelernt haben, Frauen aber haben nicht Gelegenheit, so tief in das Getriebe hineinzublicken, wie der in der Außenwelt lebende Mann; diejenigen aber, welche hineinblicken konnten, wurden schon aus der Sphäre des Weiblichen hinausgerückt, sehen nicht mehr klar, sind selbst künstliche Naturen geworden.

Der dritte Punkt endlich, nach welchem ein Roman zu beurtheilen wäre, ist der Styl, die Schreibart, oder die „Behandlungsart der Ausführung der Idee.“

Es kann hier nicht der Ort sein, Vorlesungen über Stylübungen zu halten, wie es überhaupt unmöglich ist, specielle Vorschriften darüber zu geben.

Der Styl ist mit dem Schriftsteller zusammengewachsen, mit ihm Eins und läßt sich — von ungeübten oder an parziellen Mängeln leidenden Schriftstellern spreche ich nicht — weder modeln, noch ändern. Es ist das Ergebniß jahrelangen Denkens, hängt mit Lebensart, Umgang, ja selbst von vielen Kleinigkeiten ab.

Ist die Sprache rein, rund, weich, glatt und deutlich — dies sind die Haupterfordernisse, die ein guter Styl haben muß — dann kann die Darstellungsart des Wirklichen (Sachlichen) ebenso anziehend, schön, ebenso künstlerisch vollendet durchgeführt werden, als man anderseits die blüthen- und bilderreiche, an das Gedicht angrenzende Sprache des die Klippe des Realen umgehenden Schriftstellers schön nennen wird.

Der Eine will oder kann nur Wohllaut und Gesang geben, eine Harmonie reiht sich an die andere, alles Prosaische und Kleinliche wird ängstlich gemieden und die Grundtöne gehen ihren regelrechten Gang; der Andere wirft die Töne mehr durcheinander, wechselt mit Harmonien und Dissonanzen, wird bunter; und so jeder anders, wie auch in der Musik. Es kann nicht lauter Bellini's, nicht lauter Beethoven's geben; aber sie haben alle ihre Berechtigung und können alle in ihren verschiedenen Darstellungsarten klassischen Werth erreichen, so lange sie nicht mit ihren Eigenthümlichkeiten gegen die allgemeinen Regeln der Rhetorik verstoßen und Auswüchse zu Markte bringen, die mehr als „Manier" sind.

Wer z. B. mit folgender Stylübung vor das Publikum treten und beanspruchen wollte, einen Namen in der Schriftstellerwelt und als Dichter zu erringen, der — — — — doch ich will nur ein Beispiel sprechen lassen.

Der Müller sah noch einmal in der ganzen Mühle umher, ob Alles in Ordnung und wohl verwahrt sei. Dann schloß er die beiden Thüren, die nach außen führten, sorgfältig ab; durch die dritte ging er hinaus. Diese führte unmittelbar in das Wohnhaus, das mit der Mühle zusammengebaut war; man gelangte durch dieselbe in einen kleine Gang, an dem die Wohnstube und neben dieser die Schlafkammer des Müllers lagen.

Er ging auf seine Wohnstube zu. Sein Gesicht war kummer= und sorgenvoll. Er suchte es aufzuheitern, als er an die Thür der Stube trat.

In demselben Augenblicke vernahm er etwas, das ihn stutzen machte. Er zog die Hand von dem Drücker der Thür zurück und horchte.

Er horchte nach der Hausthür hin, die gleich rechts vor ihm lag.

„Ein Wagen noch?" fragte er sich. „So spät und in solchem Wetter. Aber das ist kein Mahlgast mehr u. s. w. u. s. w."

Wenn's auch klingt, wie verrostetes Räderwerk, so findet es doch seine Leser.

Jean Paul hatte auch eine Eigenthümlichkeit in der Darstellungsart, die fast zur Manier wurde, die aber ver= ziehen wird und vor dem Forum der Kunstkritik besteht, weil sie einzig und unnachahmbar dasteht. Zwar hat die Jean Paul'sche Schreibart auch ihre Nachtreter gefunden, doch stehen alle diese Versuche auf sehr schwachen Füßen. Sie ist so rein und ohne Fehl, so schön und anmuthig, daß ihre Klassizität ewig anerkannt werden wird.

Eigenthümlichkeit und Manier darf man nicht verwechseln. Erstere wird und muß jeder, auch der beste Künstler und Dichter haben, sie bleibt aber immer innerhalb der Grenzen des Schönen, der Darsteller tritt nicht in den Vordergrund; Letztere aber läßt diesen vor das Object hervor= und dieses selbst zurücktreten; hier wirde jede Sub= jectivität auf Kosten der Gesetze des Schönen und in ihrer Monotonie unleidlich.

Mit dem Styl eng zusammenhängend ist die Art der Darstellung der Menschen und Dinge überhaupt.

Die Gestalten des Einen schweben mehr in der Luft, die Anderen scheinen in ihrer naturgetreuen Beschreibung wirklich zu wandeln; der Eine überläßt es unserer Phantasie, das auszumalen, was zur lebendigen Vorstellung des Geschilderten nothwendig ist, der Andere giebt uns klare, deutliche Bilder, der Eine läßt mehr denken, der Andere mehr sehen; die Ersteren geben mehr Phrasen, die Letzteren mehr Erzählung und Bilder.

In einem, wie im anderen Falle schadet das Uebermaas nnd führt zu Einseitigkeit, kann auch zur Manier werden. Zuviel rein erzählende und betrachtende Masse bringt eine Dehnung hervor, die schwerfällig wirkt, — zuviel der Schilderung von Äußerlichkeiten und Detailmalerei wirkt zerstreuend und wird kleinlich, ebenso, wie auch des Gesprächs zuviel werden kann.

Diese drei Hauptbestandtheile des Romans, Erzählung, Gespräch und Raisonnement, müssen, als die Glieder des Ganzen mit einander nicht nur in steter Harmonie stehen, sondern auch, wie bei jedem anderen Kunstwerk unter sich und zum Ganzen gewisse Größenverhältnisse behaupten. Beim Roman können diese Verhältnisse, wie ich schon oben bemerkte, wo ich dieselbe zu bestimmen versuchte, nie so genau ausgesprochen werden; es bleibt dem Geschmack des Dichters ein weiterer Spielraum, als anderen Künstlern. Immerhin aber ist diese — Oekonomie des Romans bedeutsam genug und darf nicht vernachlässigt werden, ohne der Kritik anheim zu fallen.

Die rein objective Erzählung darf nur soweit benutzt werden, als zur Auseinandersetzung der Situation nöthig ist, oder soweit es sich um wirkliche Handlungen dreht, z. B. Beschreibung von Kämpfen und dergleichen, und dann um die Personen dem Leser bekannt zu machen. Sobald dies vorbereitet ist, müssen die Letzteren selbstredend auftreten, wodurch größere Lebendigkeit und historische Treue erzielt wird.

Im Gespräch kann Vieles, auch Geschichtliches mit ungleich größerem Interesse entwickelt und dargelegt, können viel feinere, psychologische Züge angebracht werden, als wenn dies durch Abhandlungen gegeben würde. Den Dialog betrachte ich auch als Haupttheil der Dichtung.

Die Vernachläſſigung aller Schildereien und so auch der Detailmalerei ferner, raubt dem Dichter den Vortheil den Leser mit seinen Gestalten näher bekannt zu machen, sie bleiben Schemen und durch ihr unkörperliches Auftreten schweben sie in ungewissen Umrissen, bleiben fremdartige Erscheinungen, während der vorsichtige Gebrauch jener den Leser lebhaft an Ort und Stelle verſetzt, und er die betreffenden Figuren zu sehen glaubt; hierdurch wird er angeregter, gewinnt mehr Intereſſe für die handelnden Personen und folgt ihnen gern. Je lebhafter die Farben der Schilderung, je mehr aus dem Leben gegriffen, um so schneller iſt man im Stande, sich ein deutliches Bild zu entwerfen, man glaubt schließlich die Personen zu kennen.

Die Reflexionen endlich, die streng genommen dem Romane nicht angehören und nichts zum Gang der Geschichte beitragen, aber so auch die Betrachtungen über die vorkommenden Charaktere, welches letztere also zur Sache gehört, bedürfen der strengsten Kritik und der äußersten Vorsicht Seiten des Dichters, wenn sie nicht ermüdend, oder wenigſtens abschwächend wirken sollen. Wo thunlich sollen sich die Charaktere durch Worte (Dialog) und Thaten hinlänglich enthüllen und erklären, um verstanden werden zu können. Darin liegt der geistige Genuß, der aber verloren geht, wenn der Autor in breiter Form uns alles Nachdenken erspart und jedesmal erklärt, warum dieser oder jener gerade so oder so handelt und denkt.

Inwieweit Idiome erlaubt sein mögen und künſtleriſch zuläſſig erscheinen, hängt sehr vom Charakter des Roman's ab. Wir finden sie in franzöſiſchen, engliſchen und deutſchen Romanen verwendet und oft mit großer Wirkung. Aber sie dürfen nur sparsam gebraucht werden, wenn man nicht den höheren Ansprüchen, die man an ein Kunſtwerk macht, zu nahe treten und das Werk herunterziehen, zur Burleske machen will. Wo es der Charakter der betreffenden Persönlichkeit, der man reine hochdeutsche Sprache nicht geben kann, nicht unbedingt verlangt, ist es besser sie zu meiden, oder wenigstens sie abzuschwächen, d. h. künstlerisch zu verschönern. Die Idiome, für die meisten Leser ungewohnte Laute, contrastiren zu sehr in ihrer nackten Form und Derbheit, als daß man sie anders, als wie Streiflichter behandeln kann. Die Stimmung des ganzen Roman's sowie die Zurückhaltung, mit der der Autor derartige Verzierungen anzuwenden versteht, und die Art, wie er sie verflicht, so daß sie an ihrer Stelle naturgemäß hinzugehören scheinen, — können bei ihrer Anwendung entscheiden.

Wenn z. B. in Hauff's „Lichtenstein" das Bärbele im Hochdeutsch reden wollte, wie unpassend würde dies erscheinen; hier war das „Schwäbeln" am richtigen Ort.

Ein vollendeter Roman nun muß nach allen Seiten hin, also in Bezug auf Anlage, Durchführung und Styl, — wie jedes andere Kunstwerk — so aus Einem Gusse sein, daß ein Herausreißen dieses oder jenes Bildes, dieser oder jener Gestalt, oder auch die Veränderung von Situationen unmöglich erscheint, entweder fühlbare Lücken erzeugen, oder ein Mißverhältniß empfinden lassen würden. Wo nichts zuviel und nichts zu wenig gegeben, wo alles auf einander berechnet ist, alles im Gleichgewicht steht, da muß nothwendigerweise jede willkürliche oder einseitige Aenderung einen fühlbaren Mißgriff erzeugen. Das fertige Kunstwerk hingegen erzeugt Befriedigung, Wohlbehagen. —

Ehe ich diese Skizze schließe, sei es noch gestattet, mit wenig Worten der Novelle zu gedenken und den Unterschied zu besprechen, der zwischen ihr und dem Roman besteht.

Der Roman ist (meist) eine größere Episode, ein Stück Geschichte, die zum größten Theil vor unseren Augen spielt, die uns theils rein erzählend, theils dadurch vorgeführt wird, daß wir die Personen im Augenblicke des Denkens und Handelns beobachten. Er muß, um einen höheren Werth zu erlangen, durch gründliche Bearbeitung seines Stoffes, und

namentlich tieferes Eindringen in die menschlichen Seelen=
zustände das Interesse des Lesers nach verschiedenen Seiten
hin zu erregen im Stande sein, er muß sie bis zu einem
gewissen Punkt zur geistigen Mitleidenheit hervorziehen können.
Der Leser soll mit möglichster Lebhaftigkeit in die Handlung
sich versetzt fühlen.

Die Novelle hingegen ist nur die Erzählung eines
Vorkommnisses mit rascherem Verlauf, oder eine ausgemalte
Anekdote, die kurz angelegt und schnell durchgeführt ist. Ihr
schnelles Vorübergleiten, oder mit anderen Worten ihre ge=
drängtere Bearbeitung verhindert ein tieferes Eingehen, und
so entzieht sie sich leichter der künstlerischen Beurtheilung.
Darum gewährt sie auch dem Autor freiere Hand in der
Ausführung und gestattet, daß die ästhetischen Prinzipien,
wie sie der Roman verlangt, weniger streng beobachtet zu
werden brauchen. Sie ist in der Belletristik, was die Aqua=
relle in der Malerei. Ihr Hauptschwerpunkt liegt im fließen=
den Styl, in der Anmuth, im sprudelnden Geist, in kurz und
prägnant gezeichneten Charakteren. Hier ist mehr der un=
gebundene Dichter am Platz, während im ernsteren Roman,
mit seiner wuchtigen Verarbeitung, schon mehr der Gelehrte
rathend zur Seite stehen muß.

Da die Novelle ihrer leichteren Natur wegen mehr ein
Salonstück oder ein Conversationsstück sein soll, so tritt bei
ihr der Dichter am öftersten als Erzähler auf und kann dabei
mit Recht sich selbst sprechen lassen, — das „Ich“ gebrauchen
und wird dadurch eine größere Lebendigkeit in die Erzählung
bringen. Unwillkürlich wird man mit gesteigertem Interesse
den Schicksalen Derer folgen, von denen man liest, wenn in
uns der Wahn erzeugt wird, daß es eine aus dem Leben
gegriffene „wahre“ Begebenheit ist.

In der Novelle würde zu große Ausführung von Ein=
zelheiten den Leser nur ungeduldig machen, denn er verlangt
in ihr von vornherein nur eine gedrängte, gut dargestellte
Scene, die ihm einen kurzen Moment der Ruhe zer=
streuen soll.

So schnell, wie sie gearbeitet und gelesen wird, so schnell geht auch fast immer das Interesse an ihr vorüber, und daher schrumpft, wie Frhr. von Eichendorff sagt, die Novelle endlich zur Novelette zusammen, nachdem der Poesie der Athem ausgegangen ist.

Das hier für eine Skizze vielleicht schon zu ausführlich behandelte Thema ist ein weitgreifendes und einer umfassenderen Bearbeitung fähig, als ich beabsichtigte. Zunächst wollte ich nur eine Anregung nach dieser Richtung hin geben, welche dann weitere Beleuchtungen nach sich ziehen kann. Es soll auch keine Anleitung sein, wie man Romane schreiben muß — denn wie könnte man dies — sondern vielmehr nur, wie und wonach man sie zu beurtheilen habe. Es soll der Kritik eine Brücke bauen.

Die Form der Skizze verbot mir, auch auf die vorhandene, so ungemein große Literatur näher einzugehen und erschöpfende Beispiele zu bringen, die als Belege meiner Ansichten gelten sollten. Eben so wenig gestattete der enge Raum einzelne Namen zu bringen, was nur dann thunlich gewesen wäre, wenn zugleich eine ausführliche Besprechung der angezogenen Werke gegeben werden kann. Jede Polemik würde zu weit geführt haben, und hätte diese Arbeit zu einem Volumen anwachsen gemacht.

Dresden,
Lehmann'sche Buchdruckerei, Hauptstraße 19.